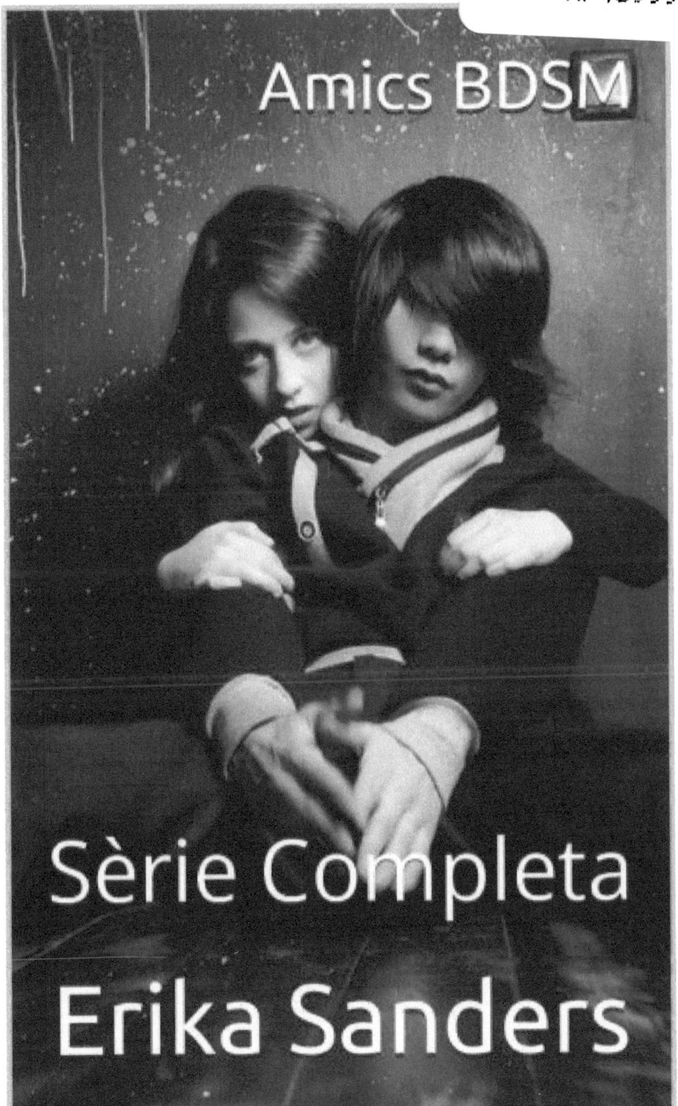
Amics BDSM
Sèrie Completa
Erika Sanders

Amics BDSM
Sèrie Completa
de
Erika Sanders
sèrie
Dominació i Submissió Eròtica

Sinopsi

5

L'Erika proposa fer un pas més en la seva relació amb el seu millor amic masculí dominant sexy...

Amics BDSM és una novel·la de fort contingut eròtic BDSM i, alhora, una nova novel·la pertanyent a la col·lecció **Dominació i Submissió Eròtica**, una sèrie de novel·les d'alt contingut BDSM romàntic i eròtic.

(Tots els personatges tenen 18 anys o més)

Nota sobre l'autora:

Erika Sanders és una coneguda escriptora a nivell internacional, traduïda a més de vint idiomes, que signa els seus escrits més eròtics, allunyats de la seva prosa habitual, amb el seu nom de soltera.

índex:

AMICS BDSM
SÈRIE COMPLETA
ERIKA SANDERS

PART 1

Havia estat un dia com qualsevol altre.

Excepte que no ho era. Avui ha estat especial. Avui va ser el dia que el meu millor amic Richard estaria al campus de la ciutat de Nova York per fer una de les finals de la seva facultat de dret. Com cada altra vegada que venia al meu costat del riu Hudson, finalment em enviava missatges per sopar amb ell. Doneu-li mitja hora més o menys per acabar la prova i la seva invitació apareixeria al meu telèfon.

Vaig passar els dits per les cuixes, deixant-los arribar tan alts com la vora del meu arbust retallat abans de tornar a baixar. Només una mica de broma per escalfar-me. No ho necessitava, no després de totes les vores i burles que m'havia fet la setmana passada. El meu cony s'havia anat filtrant a prop constantment i els meus mugrons no havien estat suaus des de feia temps. Tot i així, necessitava posar- me el més calent possible abans de marxar aquesta nit. El meu pla era estar tan excitat que la luxúria ofegués la meva por al rebuig quan finalment vaig intentar sortir de la zona d'amics.

Normalment no sóc tan malvat. De fet, estic molt confiat i descaradament coqueto amb tots els altres del món. Però potser això és només la llibertat de la indiferència. No m'importa gaire el que pensi de mi qualsevol aventura ràpida sempre que em treguin. Richard... bé, és diferent. Volia molt més que una merda ràpida d'ell. Volia que sentia per mi el que jo sentia per ell. I, tot i que mai m'ha mostrat res més que positivitat i respecte, tampoc no ha intentat deixar de ser només amics. I és el tipus d'home que actua segons el que vol.

"Potser és per això que no m'ha mogut mai", vaig pensar per a mi mateix mirant el meu cos lascivament estès. 'Sóc més un noi que una noia. Estic desordenat i em rasco en públic. Em vesteixo per comoditat i odio maquillar-me. Passo tot el meu temps lliure al gimnàs, jugant a videojocs o fent porno. Aquestes són les característiques definitòries de la masculinitat, oi? Ah, sí, i el meu millor amic m'ha fet una zona d'amics . Se suposa que les noies no han de ser enviades a la zona d'amics pels seus amics masculins, oi? Estic bastant segur que hauria de ser al revés.

No tinc el cos de rellotge de sorra més femení per excel·lència. Amb 5'11", havia estat una mica més alt que la majoria dels nois amb els quals m'havia sortit sense èxit. L'amor de tota la vida pel bàsquet i el fet de sentir-me en forma havien fet que els meus músculs estiguessin una mica més definits del que es permeten la majoria de les dones. Forma perfecta per a seduir els companys d'equip... però lluny de les belleses delicades amb les que Richard havia sortit al llarg dels anys.

Si les coses anaven malament, no era exactament com si tingués un cercle social al qual recórrer...

'Para això! Deixa de ser tan deprimit. Va ser per això que finalment vaig tenir aquest pla, per desactivar aquesta part negativa de mi mateix. Vaig portar les mans fins als meus pits. Joder, no sento femenina, les meves pits són genials. La seva copa C a granel em va omplir les mans completament amb un pes agradablement femení. Per descomptat, la seva mida de vegades va impedir el meu estil de vida actiu, però el plaer que em van donar ho va compensar. Passar els meus palmells lleugerament sobre els mugrons em va fer tremolar i respirar més pesada. Vaig intentar mantenir les meves carícies suaus i burladores, però al cap de poc em vaig trobar empènyer el pit cap endavant i apretant els mugrons amb la força que vaig poder suportar. Gairebé l'hora de l'acte principal.

El meu disc dur extern probablement hauria d'haver-lo situat a la llista de motius pels quals sóc bàsicament un noi. No moltes dones que he conegut tenen 226 concerts de porno descarregats. De nou, això no va ser culpa meva. Això era tot el que va fer en Richard, i va demostrar exactament per què la nostra amistat mai havia estat el que es podria anomenar típicament platònica. Fins i tot set anys després, el record d'haver-lo conegut i el nostre vincle primerenc encara em va fer somriure. Era tan típicament Richard... confiat sense estar ple de si mateix, ferm sense ser abrasiu, el seu magnetisme m'havia atret tan fàcilment.

No era gaire bo per fer amics a l'institut. Va ser difícil trobar un grup per acceptar-me. La camarilla del jugador no semblava saber com manejar algú amb pits que volia jugar a League of Legends amb ells. Els deportistes masculins mai jugarien a tota velocitat amb o contra mi, tot i que jo era de mida similar o més gran que la majoria d'ells. I, per descomptat, prefereixo haver obert una vena que fer el que calgués per encaixar amb les gosses bàsiques de la cultura femenina de secundària.

No és que jo fos una dona solitària de cap manera. Tenia amics, però se sentien més com a jugadors de nínxol que no pas com a connexions personals. Per exemple, la Heather i jo ens vam rascar la picor dels videojocs, però tots dos érem massa introvertits i incòmodes per apropar-nos molt. Jo estava a l' equip femení de bàsquet, però vaig tenir problemes per relacionar-me amb qualsevol de les meves companyes femenines 1 contra 1 sense la pretensió de practicar. En resum, mai em vaig sentir acceptat per ser més que una part de mi. Em vaig acostumar molt a la meva pròpia companyia i vaig desenvolupar una personalitat espinosa i cínica que va allunyar molta gent.

Fins que un dia de l'últim any, quan em van assignar aleatòriament a Richard com a soci d'un projecte d'estudis socials sobre com els canvis tecnològics recents han afectat tradicions, organitzacions o indústries de llarga durada.

Odiava els projectes en grup. Tothom odia els projectes en grup. Les úniques persones que els agraden són extrovertits sense ànima que estan destinats a treballar en un departament de recursos humans en algun lloc. Per descomptat, l'únic pitjor que un projecte grupal és un amb algú popular. Sobretot quan és un noi popular i calent. Tota la gent popular amb la qual havia estat al voltant s'havia mostrat exageradament engreixada i condescendent. Afegiu-hi les mirades geloses de totes les altres noies i em vaig molestar seriosament.

Ens van donar els últims minuts de classe per parlar amb els nostres companys.

Richard era molt popular. Tenia fama d'estar com a casa en gairebé qualsevol grup. I també estava molt calent. Va vestir una mica millor del que requeria l'escola secundària i era una o dues polzades més alt que jo. El vaig veure creuar l'habitació fins al meu escriptori, sorprès per com els seus cabells curts i foscos semblaven perfilar el seu rostre per accentuar la seva mandíbula de manera distintiva. Va fer que el seu somriure semblés molt genuí i càlid, com si et convidava a unir-te a una broma que només tu i ell coneixíem.

"De què et veus tan feliç?" Vaig preguntar quan va arribar al meu seient. Com he dit, personalitat espinosa.

"Estava esperant una oportunitat com aquesta! Aquest projecte és perfecte". Em vaig esgarrifar, pensant que era una línia de recollida realment estranya . Un altre tipus que intenta ficar-me als pantalons.

"Ho sento, però hauràs de fer-ho millor que això".

" Va , no em diguis que no has estat buscant l'excusa perfecta per fer un projecte escolar sobre porno". Vaig fer una doble presa. '... D'acord, això és un de nou.'

"Em... què?" El seu somriure es va tornar una mica entremaliat, però va continuar amb un to completament seriós.

"Durant dècades, el porno va ser una fórmula. Va seguir un guió establert de poc o gens de jocs preliminars, mamades i penetració hardcore en nombroses posicions improbables i incòmodes fins a un cop final de diners. Avui en dia, aquest tipus de coses reben molt poques vistes. La demanda és molt gran. més alt ara per a representacions més realistes del sexe, especialment per als aficionats centrats en el plaer femení. Abans, la gent comprava DVD amb escenes genèriques a cadascun. Ara, hi ha centenars de subreddits dedicats a torsions específiques. Què ha canviat? És simplement l'adaptació a Internet? Està vinculat a l'expansió de l'audiència i a un públic més divers? És perquè hi ha més proveïdors que intenten trobar un nínxol competitiu? Hi ha d'haver prou material per a un article. Què en penseu?"

La meva mandíbula estava gairebé a terra. Ell estava completament seriós. S'acabava d'acostar a mi, sense parpellejar davant la meva rudesa, va començar a parlar intel·lectualment sobre porno i semblava legítimament interessat en el que havia de dir. 'L'amic té pilotes. He de respectar això.

"Sembla que has pensat molt en això", vaig balbucejar.

"Ho tinc", va confirmar. "M'interessa allò que mou la gent. I, adolescent pubescent que sóc, sembla que poc mou la gent tan profundament com el sexe".

"És un idiota." L'aula s'havia netejat i la següent classe entrava. Vaig recollir els meus llibres de pressa a la bossa. "Bé, potser no és el mateix, però aposto que hi haurà més gent ambidextra a causa del porno".

"De debò? Per què és això?"

"Bé, necessites una mà per treballar el ratolí i una altra per masturbar-se". Vaig intentar igualar el seu to intel·lectual però no vaig poder-ho acabar i vaig riure al final. Em va sorprendre, no tenia intenció de dir això. Tenia la intenció de murmurar alguna cosa sobre la necessitat d'anar a classe i fugir corrent. I una altra sorpresa, no estava estrany i es va riure amb mi.

"Potser tens raó! Potser podem encaixar-ho a la secció de conclusions "Mirant endavant". Escolta, he d'arribar a Trig, però t'enviaré un missatge aquesta nit". I tan de sobte com havia arribat, se n'havia anat.

Així va ser com en Richard i jo vam començar a unir-nos: pel porno. Com he dit, no és una amistat platònica normal. Tot en nom de la recerca educativa per al nostre projecte, és clar.

D'acord, potser vam continuar amb ell després del final d'aquest projecte, que per cert en vam aconseguir 100. M'enviava un enllaç a alguna cosa calenta i jo intentava trobar alguna cosa més calenta, d'anada i tornada intentant superar l'altre durant hores i hores. No vam trigar gaire a entendre realment què es va fer funcionar els uns als altres.

Richard era un dominant. Va sortir de controlar les "seves" dones i de fer-los obeir. Ho sé perquè m'ho va dir al principi. Li vaig preguntar què li interessava i , literalment, em va dir: "Sóc un dominant. Em desperta sentir-me el control i estar amb algú que accepta el meu control". D'acord, potser ho va expressar una mica diferent... però tot i així. Ho va dir de manera tan real, com si fos la cosa més natural del món.

En aquell moment, no era gens una dona pervertida. Tot i així, el gust de Richard no em va semblar estrany. Vaig sentir que hauria de ser, em va mostrar una merda bastant sàdica després de tot, però realment no va ser així. No podia jutjar-lo perquè, per primera vegada a la meva vida, sentia que algú m'acceptava realment. Richard va abraçar la part de mi que volia ser un nerd i somiar amb Mistborn . Va animar la part de mi que volia ser hiper competitiva i derrocar enemics a la pista de bàsquet i a Summoner's Rift. Va entendre la part de mi que de vegades volia quedar-se sol. Em va fer preguntes i em va fer sentir que podia respondre amb veritat: que realment volia la meva sinceritat total. Va donar a la meva puta interior un refugi segur per sortir i no ser jutjat o amenaçat. I, potser el més important, va entendre que només perquè de vegades sóc una puta total no vol dir que realment l'odi.

A poc a poc, gairebé imperceptiblement per a mi, vaig començar a excitar-me amb el BDSM. Em vaig trobar aprofundint-hi més, intentant trobar material nou que l'encertés. Ell, al seu torn, em va alimentar amb una dieta constant de torça. Una dieta feta a mida per agradar-me. Per exemple, m'identifico com a bisexual, però realment només em mullo per a un tipus concret de dona. Algú que és molt fort i em fascina. És una mica difícil de descriure, però ho sé quan ho veig, i ell també. Em vaig enamorar quan em va mostrar Queensnake . Ella i tots els seus models són putes deesses de la resistència física, la disciplina mental i la força emocional. Els meus ulls estaven a polzades de la pantalla mirant-la agafar cop rere cop i aconseguir tornar a aixecar-se cada cop. No crec que hagués estat mai tan mullat abans a la meva vida. L'admirava molt i volia ser tan forta.

Però mai va ser realment sexual entre nosaltres. Mai vam parlar de masturbar-nos o de voler-se follar amb les models o de baixar o res. Diríem "això fa calor" o parlaríem del que ens agradava o no, però d'una manera clarament no de sexting. Al principi va ser genial perquè em va semblar segur tot. Vaig poder expressar una part tabú de mi a algú que no només estava intentant ficar-me als pantalons.

Però llavors em vaig adonar que volia ficar-me als pantalons d'en Richard. Llavors va deixar de ser tan gran. Aleshores ens havíem graduat i assistíem a diferents col·legis a tres estats a part. La nostra relació va evolucionar. Només ens veiem en línia o durant les vacances de visita a casa. La part pornogràfica de la nostra dinàmica es va alentir dràsticament fins a una eventual aturada quan tots dos vam començar a sortir. Bé, va sortir. Em vaig llançar al cos més calent de qualsevol festa.

No obstant això, va ser una part molt formativa de la meva vida, i tota la nostra antiga història de converses de missatgeria instantània es va desar al meu disc dur extern. Durant anys d'enllaços, descàrregues i eròtica van aparèixer davant els meus ulls mentre el vaig carregar al meu ordinador portàtil. Al llarg de moltes nits agradables, ho vaig ordenar tot en carpetes per a Xats icònics, Deesses, Fantasies submises, Gay romàntic, Amics per als amants (un plaer especialment culpable meu), desenes més. De vegades vull alguna cosa aleatòria, de vegades alguna cosa específica. A la feina aquell dia, vaig passar una quantitat de temps vergonyosa somiant despert amb un vídeo preferit.

Els meus dits es van acostar al meu cony mentre tocava jugar a "Amateur fent una mamada al seu xicot (núm. 14)". La seva passió i emoció van fer foc mentre adorava la seva polla amb la boca. La seva cara era un collage d'emocions en competència—emoció, alegria, enfocament, plaer i amor—mentre els seus ulls es llançaven entre la cara del seu amant i la seva polla. És com si sabés que hauria de mantenir el contacte visual mentre el xucla, però no va poder evitar mirar-li la polla. I era una polla preciosa! Pensa i ben forma, semblava que m'ompliria el cony meravellosament.

Vaig arrossegar els meus dits dins meu, fregant el meu punt G mentre tocava el meu clítoris i m'imaginava que m'omplia la polla a la seva boca. El meu cor va córrer en el temps amb el seu cap balancejant, cada batec enviant polsos de desig a través de mi, fent que el meu cony bategava de luxúria. Els meus músculs es van tensar i em van escapar sons involuntaris. Aquest és exactament el tipus de mamada descuidada que volia fer en Richard! Sent la seva polla dura palpitant a la meva boca... les seves mans al meu cap guiant el meu ritme... El plaer jugant és una cara preciosa, sentir els seus abdominals durs flexionar-se, les cames tremolen als meus costats mentre el xuclava... Vaig gemegar amb el plaer que em recorregué, imaginant-me que podia sentir la meva veu en la seva virilitat. El meu cony irradiava calor com un foc, aparentment immune a tots els sucs humits que vessen de mi.

Alguna cosa més. Un altre vídeo. Si em quedés amb aquest fins al final, per veure la seva mirada de pura satisfacció després d'empassar la seva càrrega, em correria en segons i necessitava contenir-me. Tease and denial és un dels jocs preferits d'en Richard, i no sóc tan bo com alguns bloggers que segueixo, però hi havia moltes coses en joc que em van impedir caure al marge. Satisfet de mi és racional. Rational em es posa nerviós i té por d'arriscar. Rational m'havia retingut de confessar la seva atracció per en Richard durant anys, i no tenia res a fer aquesta nit!

Estava tan absorbit per l'hedonisme masturbatori que feia temps que no veia la nova alerta de text.

Richard: Ei, estic al teu barri aquesta nit. T'agradaria sopar amb mi?

"Ha de ser l'únic home a la Terra que utilitza la puntuació correcta als textos", vaig pensar. El nostre historial de missatges de text era una llarga sèrie d'anglès perfectament revisat d'ell, contrastant taquigrafies de text i emojis meus. Això va ser! Tot segons el pla! D'acord, no ho pensis, deixa que les teves hormones parlin per tu.

Erika: sí, sona bé
Erika : hi ha alguna cosa de la qual volia parlar
Erika: no em deixis dir- ho res

'Éxit!' Esperava sentir-me consumit pel penediment i voler recuperar-lo, però no ho vaig fer. Una mica nerviós, però emocionat. El meu clítoris, confós sobre on havia desaparegut el seu plaer, va bategar de frustració. Vaig somriure i li vaig donar una palmada suau com un cadell. "No et preocupis, tindreu alguna acció real aviat... espero". Vaig suposar que és difícil sentir-se massa aprensiu amb tanta luxúria que corre per les teves venes.

En realitat, què havia de perdre? En Richard havia estat el meu millor amic durant set llargs anys, però la nostra relació no havia estat el que jo volia per a la majoria d'ells. Mai m'havia sentit realment satisfet amb cap de les meves parelles i havia estat gairebé gelós assassí de totes les seves núvies. A més, racionalment parlant, aquest era el moment perfecte. Tots dos estàvem solters i vivíem tan a prop l'un de l'altre com podrien esperar raonablement dos adults que treballen.

D'acord, potser ja feia uns quants mesos que havia estat "el moment perfecte" mentre arrossegava els peus... però això no tenia cap sentit!

Alguna cosa havia passat amb la seva última xicota. Van estar junts durant més de dos anys, però la seva ruptura va ser dolenta. Mai vam parlar de les seves parelles romàntiques, probablement perquè em vaig tornar puta les primeres vegades que van sortir. Fos el que fos, era tan dolent que ara intentava reprimir el seu costat dominant natural i pervertit i buscava la satisfacció de vainilla en un munt de connexions de Tinder. Semblava menys com ell mateix... menys confiat i sempre una mica cansat.

Més que només la meva pròpia atracció no correspost, volia ajudar-lo. Volia ser qui l'abracés plenament i que el deixés ser el seu veritáble jo, com ho havia fet per mi. Després de molts intents de treure'l de si mateix, finalment m'havia adonat que l'única manera de fer-ho era donar-li un nou sotmès. I això anava a ser jo.

D'acord, bé, estava més que una mica nerviós per això. Richard era naturalment molt dominant, però jo no era un submís nascut. Jo volia ser un per a ell, però no sabia fins a quin punt podia actuar. "Estarà bé", em vaig dir per centèsima vegada, "primer puja'l a bord i després preocupa't per les coses pervertides".

Richard: Bé, ara tens la meva atenció. En una hora passaré per casa teva. Et sents italià?

'Una hora!?!' No va ser com si hagués passat eons davant del mirall, però necessitava seriosament una dutxa. Aigua calenta que corre pels meus cabells, pels mugrons i entre les cames... mmm... Alguna cosa em va dir que necessitaria una estona per netejar-me correctament.

PART 2

Va arribar amb un vestit, amb corbata, pantalons perfectament arrugats i punys. Tot això només per fer una final. Típic. No tinc clar si fins i tot tenia un parell de texans. Una nit d'estiu de 85 graus i està vestit per impressionar i encara es veu exasperament net, fresc i relaxat. La suor, aparentment, era el tipus de coses que els passava a altres persones. Jo, en canvi, havia anat amb uns texans casuals i una samarreta. Una samarreta de tancament baixa que mostrava meravellosament el meu pit. M'havia donat una mica de delineador d'ulls, que és francament elegant per a mi, però encara érem una parella que semblava poc coincident.

Era completament típic per a nosaltres. Gairebé es va arruïnar a la moda mentre que probablement em trencaria les cames si intentava caminar amb talons. Encara que li vaig burlar d'això, vaig haver d'admetre que el feia semblar molt bo. La manera com la roba de tall tallat li abraçava els costats i mostrava el seu marc atlètic... i aquells pantalons abraçaven el seu cul exactament...

Hi ha literalment milers de llocs increïbles per menjar a Brooklyn prop de la casa de Richard. Nova York, en canvi... no tant. Hi ha molts avantatges de viure al costat equivocat de Manhattan. Com poder pagar el lloguer i poder sortir de casa sense ser assetjat, per exemple. La més gran és la vista. Les vistes del centre de Manhattan des de la ciutat de Nova York són les millors vistes de la ciutat del planeta. Vaig estar molt content per això quan en Richard i jo ens vam instal·lar en un restaurant italià al costat de l'aigua perquè em va allunyar l'atenció mentre lluitava per tranquil·litzar-me.

"Només respira", em vaig dir a mi mateix, "Sóc en Richard, parles amb ell en línia cada dia". Però ni tan sols un cop havia comprovat el meu escot. Ni tan sols m'havia mirat el cul mentre m'havia lligat la sabata. No em va omplir de confiança.

"És increïble", va dir, mirant per sobre de l'aigua cap a Battery Park i Wall Street, "Captiva la meva atenció per moltes vegades que ho vegi".

"Sí."

Una agradable brisa va bufar l'aigua sobre nosaltres, allunyant el pitjor de la calor estival. Va ondular pels cabells d'en Richard d'una manera molt atractiva. La calor va pujar pel meu cos que no tenia res a veure amb la temperatura. Era tan sexy amb un vestit... A l'altra banda de la carretera de la nostra taula, els turistes s'amuntegaven al camí del riu. Un grup amb un pal de selfie es posava en el camí de tots els altres i alguns ciclistes van intentar en va moure's més ràpid que un gateig. Tots dos vam riure quan un nen imprudent va perdre un pretzel amb una gavina.

"Ja saps que m'estic morint de suspens aquí".

Vaig saltar, adonant-me que la seva atenció s'havia desplaçat cap a mi. És hora de dir-li. Però de cop, la boira de l'excitació amb la qual havia intentat protegir-me es va esvair. Les papallones em van recórrer l' estómac i em vaig sentir rubor. 'És en Richard! Tu li dius tota la resta! Si fos algú altre al món, ja estaries coquetejant amb ell. Per la merda! Ets una dona adulta, posa la teva merda.

"Què?" va ser tot el que vaig aconseguir sortir. ' Maldita !'

"Hmm... a veure si puc endevinar. No vas acabar el projecte de l'ARA a la feina, ho hauries celebrat de seguida sense ser críptic al respecte. El mateix passa amb Tyler que finalment va ser acomiadat. No vas aconseguir cap pujar o t'hauries comprat el vi més car de la carta. Aquell trosset al final em fa molta curiositat . "No et deixis dir que no és res". Què podria dir amb això?"

Richard és un esclau complet de la seva pròpia curiositat, així que m'esperava una cosa així i m'havia passat hores esbrinant com ho faria. He provat un munt de variants per aprofundir en el tema amb tacte.

Jo els odiava a tots. La subtilesa realment no és el meu. Vaig sospirar, vaig apretar les dents i vaig esclatar:

"Vull ser la teva xicota". No veig gaire sorpresa a la cara d'en Richard. Va ser agradable intercanviar els nostres papers típics així. Que sigui ell el desequilibrat per una vegada. Ho havia dit! Per fi ho havia dit! "Déu, feia anys que ho volia dir! Però sempre sortia amb algú o jo era massa covard o esperava que em faries un moviment pel teu compte". Vaig intentar mesurar la seva reacció, però no vaig poder. La seva cara seriosa de pòquer estava encesa i em va posar incòmode. "I... suposo que estic cansat d'esperar. I sé que has estat miserable amb totes aquestes connexions de Tinder. Has intentat ser algú que no ets des que tu i la Chloe vas separar. Et vull. ser el teu jo complet amb mi. Així que sí, aquí està... si us plau, digues alguna cosa".

Era aquella por a la seva cara? No... aprensió? Es va obrir un pou al meu estómac, que amenaçava d'arrossegar-me cap avall. Però no, n'hi havia més. Desig? Enyorança? Només estava mostrant-me les emocions que volia veure? 'Siusplau digues alguna cosa!' Vaig suplicar internament, "si us plau!"

Finalment, ho va fer. "Wow, això és molt per agafar". Part del sudari es va aixecar i ell va oferir un somriure provisional. "Pots relaxar-te. Sí que et vull. Moltíssim."

"Fas?" 'AHHHHH!'

"Sí, i em sap greu si t'he fet sentir no desitjat.

Les seves paraules i la seva expressió no coincidien. "No et veus emocionat".

Va sospirar. "Estic pensant en el que vas dir que sóc una cosa que no sóc. Suposo que tens raó, però m'agradaria escoltar-ho des de la teva perspectiva. Què et fa dir això?"

"Has semblat deprimit amb tu mateix. No tant al meu voltant, sinó en general. No sembles tan segur de tu mateix i tens aquests petits retards. És com si tinguessis una reacció normal a les coses que estàs suprimint o Repensar-me o alguna cosa així. Ho vaig notar una mica després de la teva ruptura i em va semblar que no estàs millorant". Admetre la següent part va ser difícil, però s'havia de dir: "mira, sé que he estat una puta gelosa de totes les teves amigues i em sap greu no haver preguntat mai per tu i la Chloe, però sé que era la teva. primera relació de D/s molt seriosa a llarg termini . Les coses van acabar malament amb ella i has estat intentant desactivar la part dominant de tu mateix. Però no pots. És qui ets i és una part de tu la que fa que tu feliç."

"I dius que no ets perceptiu amb la gent..." va murmurar per a si mateix. Aleshores, més fort, "Així que vols sortir amb mi per tornar-me a reunir?"

El vaig mirar amunt i avall, deixant que els meus ulls s'allarguessin sobre els seus llavis, la seva figura en forma i directament a l'entrecuix. "Bé... això no és només aquest motiu". Mai havia provat de coquetejar amb ell i em va semblar bé. Volia allunyar la conversa de les àrees més baixes i centrar-me més en nosaltres junts, però no va funcionar.

"Què passa si hi ha una bona raó per intentar deixar enrere l'intercanvi d'energia? Què passa si fes mal greument a la Chloe i decidís que el dolor del meu amant és una mica fotut?"

"Oh Déu, quant fa mal per dins?" Em vaig sentir terrible, adonant-me que la meva gelosia m'havia deixat de donar suport. Volia abraçar-lo, però sabia que no era la manera d'arribar-hi. Va respondre millor a la racionalitat. "Estàs donant a entendre que vas ser abusiu i dubto molt que sigui cert. Ets una de les persones més emfàtiques que conec. M'equivoco?"

"No..." va dir vacil·lant, "no és abusiu així. Però vaig trencar la seva confiança diverses vegades. Bé, suposo que, per ser justos, tots dos vam trencar la confiança de l'altre. Però tot i així..."

"Richard", li vaig tallar, "tenim vint-i-cinc anys. Som joves! De vegades fem coses de les que ens penedim". Vaig agafar la seva mà de l'altra banda de la taula i la vaig estrènyer per emfatitzar. "No pots seguir castigant-te per sempre. Et mereixes ser feliç". La seva mà era ferma i poderosa a la meva. Em va agradar agafar-lo més del que m'esperava.

Tots dos vam mirar les nostres mans unides. Semblava que també li agradava. Però tot i així, no estava convençut. Sentia que m'estava apropant...

El vaig pressionar una mica més: "Mira, ara no estàs feliç. No ho neguis, tots dos sabem que és veritat . Raons a banda, has donat a l'estil de vida de vainilla més que la seva oportunitat justa, i l'experiment ha fracassat. Potser. és hora d'intentar tornar a la bicicleta metafòrica? Més vell i més savi, oi ? Vaig aguantar la respiració mentre ell hi pensava. Van passar els segons, però no sabia què més dir.

Lentament, va somriure. Alguna cosa va canviar d'ell, gairebé imperceptiblement. Semblava una mica més gran a la meva visió i una mica menys tens. Podria dir que no havia acabat. Encara tindria molta feina per fer per curar les seves cicatrius, però semblava disposat a donar-me una oportunitat.

"Tens raó, no he estat feliç. Confesso que ho he trobat a faltar". Em va dirigir una mirada de llop, afamat de desig: "Potser és egoista per part meva, però tinc la sensació que volia que m'hi parlis. Potser sobretot perquè ets tu..." La luxúria inconfusible als seus ulls em va emocionar absolutament. Sobretot perquè sóc jo? Era possible que també hagués fantasejat amb mi? La meva respiració es va accelerar i el meu propi desig es va encendre. Va començar a sentir-se real. L' anava a buscar! Vaig agafar la seva mà amb més força, possessiva. 'El meu!'

"Però tot i així", va continuar Richard, "vull assegurar-me que entens en què t'estàs ficant. Hi ha una gran diferència entre ser la meva xicota i ser la meva submisa".

"Està bé, vull ser..." Em va fer callar amb els seus ulls. Fins avui, no tinc ni idea de com ho fa. Res no canvia físicament en ells, però d'alguna manera, funciona cada vegada. Era la primera vegada que sentia realment el seu domini dirigit cap a mi. Ho havia sentit abans, l'havia vist exposat en diferents tons constantment, però mai m'havia colpejat així. Va tenir un efecte immediat. Les paraules van morir a la meva boca i em vaig estremir. Vaig pressionar les cames juntes, sentint que la calor dins meu s'intensificava.

"Això és important. Si realment vols que sigui el meu jo complet i desenfrenat, llavors no estem parlant només d'alguns cops a la setmana d'alguns cops per setmana. Estem parlant de que t'entregues a mi. Físicament, mentalment. i emocionalment, intentaré ser propietari de la totalitat del que et fa , Erika. Seria molt diferent de l'amistat que hem tingut durant tota la nostra vida adulta. Estàs segur que això és el que vols?"

Vaig conèixer el seu to seriós sense trepitjar. "Sí. Vull provar. Hi haurà una corba d'aprenentatge, però vull això".

"Sé que ho tens. Tens la teva ment decidida i estàs decidit a superar-ho. Aquesta ratxa tossuda teva serà molt divertida de jugar". M'estava mirant , molt més obertament sexualment que mai en tota la nostra relació. Mostrant-me deliberadament la seva atenció als meus pits, als meus llavis, al meu coll. Vaig estrènyer les cames amb més força, gaudint de la seva atenció. Mentre mirava obertament el meu escot, els meus mugrons es van endurir, com si també volguessin el seu reconeixement.

"No obstant això", va continuar Richard, "no em sentiré bé tret que faci tot el possible per donar-te la màxima comprensió possible abans de canviar les coses entre nosaltres. Però és difícil per a mi parlar-ne perquè mai he experimentat el submarinisme. costat". Va pensar, després va treure el telèfon i es va desplaçar pels seus contactes. "Hi ha una amiga meva que viu molt a prop que m'agradaria convidar a unir-se a nosaltres. Ella pot dir-te tot el que voldria que algú li hagués dit abans de submergir-se".

Vaig pensar en retrocedir. Ja estava molt segur del que volia. L'únic que volia fer era acabar de sopar ràpidament, córrer a casa i treure'l el vestit. Però estava intentant fer el que creia correcte i se sentiria millor sabent que ho havia fet. Per tant, em vaig resignar a esperar una mica més. "Si és realment important per a tu, d'acord".

"Penseu en això com un consentiment informat. A més, us agradarà. És molt el vostre tipus". Va fer una pausa, pensant, abans de continuar, "i hi ha una mica d'informació de fons que probablement hauríeu de conèixer primer".

"Una mica" no ho cobria exactament. Resulta que hi havia un munt de coses que Richard mai m'havia dit mentre em protegia de l'enveja de la núvia. Ell i la Chloe havien conegut algunes parelles afins a Fetlife i es reunien cada poques setmanes. Era escàs en els detalls, però semblava que les seves reunions eren molt sexuals d'una manera no del tot monògama. Una mirada melancòlica va jugar a través dels seus trets mentre descrivia la dinàmica oberta entre ells, com s'habilitaven i es recolzaven mútuament i com era agradable ser obertament pervertit amb la gent que s'entenia. Pel que sembla, s'havia allunyat amb ells des de la ruptura. Aquesta amiga seva, la

Cathy, formava part d'aquell grup amb la seva amant, i vivia a poca distància a peu. Petit món.

PART 3

35

La Cathy va aparèixer a la nostra taula just quan estàvem pagant el xec. Dic "va aparèixer" perquè realment semblava que es va materialitzar del no-res. Un segon en Richard estava fent matemàtiques de propina, i l'endemà hi havia una dona petita i pàl·lida que l'abraçava. Vaig adonar-me que feia temps que no s'havien vist per les seves acusacions que en Richard feia mal per mantenir-se en contacte i era un idiota per fer-li una reunió enmig de la nit.

Tal com havia dit en Richard, em va agradar el seu aspecte. Era petita, un cap més baixet que jo, però de forma atlètica amb unes mans dures i unes cames d'excursionista. Portava una samarreta amb l'estampat d'un bar local i uns texans esquinçats als genolls per ser pantalons curts. Els seus pits semblaven meravellosos, ferms i prou plens com per ser divertits, però prou compactes com per no molestar-la mentre córrer. Els cabells vermells tallats curts emmarcaven la seva cara, inclinats cap a un costat per mostrar els pírcings orbitals i de l'hèlix d'una orella. Es va concentrar a mirar-me simultàniament mentre la vaig acollir. Els nostres ulls es van trobar i l'espurna d'atracció entre nosaltres hauria fet sonar el meu gaydar encara que en Richard no hagués esmentat la seva amant. El meu tipus realment. Em vaig asseure més dret i vaig fer una demostració de treure el pit.

Li va agradar el que va veure. "Qui és el teu bonic amic?" Ella va preguntar. Quan va escoltar el meu nom, la Cathy va exclamar: "Ets de qui sempre parla! És fantàstic conèixer-te per fi, estic molt contenta que aquest idiota finalment s'hagi superat i t'ha portat al nostre món".

—Sempre parla de mi? Ho vaig arxivar per més tard.

"De fet", vaig assenyalar, "no va fer res. Li vaig demanar a sortir i encara s'arrossega amb els peus".

La Cathy va dirigir en Richard una mirada incrèdul. "T'ha demanat una noia?"

Va riure: "És realment tan difícil creure que algú pugui trobar-me atractiu?"

"És difícil de creure que necessiteu algú més per prendre la iniciativa".

Em vaig unir a la rialla d'en Richard, feliç que algú més agraeixés la meva lluita. "No m'agretis també!" va alçar les mans en broma. "De totes maneres, abans d'entrar-hi també, probablement hauríem de tornar-los la taula. A tots dos us interessa el gelat? Hi ha un bon lloc a prop".

Vam acabar menjant una meravella cremosa de sucre fred en un parc prop de casa meva. Havíem posat la Cathy més al dia i em vaig trobar que m'agradava. La manera com va creuar la calor bombolla amb una franquesa irreverent la va fer molt fàcil connectar amb ella. Ella tenia moltes coses a compartir sobre el "nostre món", tal com va dir.

Algunes de les seves observacions eren petites anècdotes divertides. Com, per exemple, com es va trobar barrejant punys i collites en les seves analogies i necessitava mirar-se a la feina. O com la raó més freqüent per la qual va haver d'aturar una escena de bondage va ser utilitzar el bany.

Altres eren més grans i abstractes. Tot a la vida de la Cathy se sentia sobrealimentat. Els màxims eren més alts, els mínims eren més baixos i rarament se sentia neutral. La seva mestressa tenia el control de l'orgasme, així que la Cathy estava perpètuament calenta. Tot el que va fer es va sentir d'alguna manera sexual, des de vestir-se al matí fins a demanar Starbucks a conèixer un desconegut i comprovar-ho de manera reflexiva. De vegades, una cosa tan senzilla com respirar profundament en un dia clar i assolellat podria fer-la sentir increïblement VIVA amb lletres majúscules . Lluny d'espantar-me, o el que Richard havia esperat, em va interessar més. Els meus propis experiments en aquest departament em van donar una idea del que ella estava intentant dir, i em va agradar la idea d'afegir una mica de condiment a la meva vida diària. Va culpar de tot a Richard, a qui va anomenar "El mag", per presentar la seva amant a la burla i la negació.

La mirada de la seva cara em va fer preguntar: "Per què ets 'El Mag'?"

Em va ignorar i va mirar la Cathy arrufada: "Esperava que haguessis oblidat aquest maleït sobrenom. Per què no li parles del teu, Firefly?" Per alguna raó, malgrat totes les coses sexuals personals que ja havia compartit sense vergonya, això va fer que les galtes de la Cathy s'enrossin.

"El seu és fàcil, el seu cabell és molt ardent", vaig assenyalar.

"Sí, Firefly perquè sóc pèl-roja", va dir ràpidament la Cathy, "De totes maneres tornem a Wiz..."

"Cathy". Richard va tallar suaument les seves paraules com un ganivet. Ni més fort ni més suau, però amb una autoritat inconfusible que em va fer tremolar i la Cathy saltar com si l'haguessin atrapat al telèfon a la feina.

"Bé!" Ella va confessar: "Vaig rebre el meu sobrenom al nostre petit grup perquè, quan la mestressa Sam em dona una copa, el meu cul blanc pàl·lid brilla com una cuca". Tots vam riure. Em va fer preguntar, però. Hi havia prou gent que havia vist aquest fenomen per tenir el sobrenom?

"Quanta gent t'ha vist com et peguen?"

"Tots els del grup de trobada i uns quants amics nostres més". Es va ruboritzar més profundament, fent-la il·luminar d'una manera molt maca. "Aquesta no és ni de bon tros la merda més pesada que li ha passat a una multitud".

'Quina és la merda més pesada que ha passat en aquest grup?' Em vaig preguntar, però vaig decidir mantenir aquesta pregunta una altra vegada. Richard s'havia desviat i jo no podia deixar-lo sortir amb la seva reorientació lluny de si mateix.

"Ara torno a tu. Per què ets el Mag?"

"És perquè pot fer màgia..." va començar la Cathy

"No puc fer màgia", va dir en Richard amb els ulls en blanc.

"—Tot i que ell ho nega", va pressionar ella durant la seva interrupció. "Afortunadament, no cal que us cregueu la meva paraula o la seva! Podeu mirar algunes proves i decidir per vosaltres mateixos". Va treure el telèfon.

"No em digueu que teniu aquest vídeo desat i que el porteu allà on vagis". Richard va gemegar.

" Per descomptat que sí! Tens alguna idea de la calor que fa per als nostres subs?" Em va passar el telèfon: "Tens algun auricular? Aquí, fes servir els meus. De debò, Richard, és bo que vegi si vols donar-te una idea de com d'intens pot arribar a ser l'intercanvi d'energia".

Va sospirar però va assentir amb el cap: "D'acord, però tingues en compte que és l'extrem extrem. Hauria de servir d'advertència".

Vaig mirar entre ells, intentant decidir fins a quin punt eren seriosos. "Això és un munt d'acumulació. Perdoneu-me si sóc escèptic, qualsevol cosa pot estar a l'altura". Richard va somriure conscientment, com per recordar-me que s'havia passat anys intercanviant porno amb mi i que sabia molt bé què estaria a l'altura de les meves expectatives.

Auriculars posats, preme Play.

Immediatament, em va agredir el sexe gràfic. La càmera va enfocar una dona bonica estirada d'esquena sobre una taula elevada amb els ulls tancats, els braços al costat i les cames obertes. Concretament, es va centrar en el seu cony, que era clarament molt calent. Els rierols d'humitat van anar des dels baixos fins al cul i els seus músculs pèlvics van tenir espasmes. Una figura fosca ajupida al seu cap, semblava xiuxiuejar-li a les orelles. De tant en tant, l'acariciava. La seva cara, el seu coll, els seus cabells, els seus tocs eren suaus i semblaven transmetre calor i afecte... i amor.

Em vaig canviar incòmode. Era clarament la Chloe a la taula i el Richard a sobre d'ella. "No siguis gelós, ara és teu, aviat aquests dits t'acariciaran".

Mai va passar per sota de les seves clavícules, però el seu cos va respondre com si tingués un vibrador pressionat al seu clítoris. Els seus abdominals es van flexionar, els seus pits es van aixecar i tots els seus músculs es van tremolar. Va convulsionar però mai no es va moure, com si fos una mima que actués sent lligada per cordes invisibles. Els seus braços pressionats cap avall mentre les seves cuixes lluitaven per obrir-se més àmpliament, agafar-se junts i mantenir-se perfectament quiets alhora. Minut a minut, les seves lluites es van fer més pronunciades. Els seus llavis es van inundar de sang i el seu clítoris es va fer clarament visible entre ells. Ella va gemegar lliurement, com una estrella porno fent el paper d'una puta famolenc de polla. Richard es va traslladar per estar al seu costat, com el príncep encantador inclinat sobre Blancaneus, però infinitament més valorat per X. Encara xiuxiuejant-li, es va avançar cap a la seva boca. Els malucs de la Chloe es van llançar a l'aire, fent-se més frenètics com més Richard s'acostava al seu objectiu.

Aleshores en Richard la va fer un petó i el cony de la Chloe va explotar en l'orgasme. El seu clítoris semblava que esclataria i la seva vagina no es podria haver contret més fort si hagués tingut una polla enterrada dins d'ella per agafar-la. Vaig sentir la meva mandíbula caiguda. Res més que l'aire havia tocat cap part erògena d'ella. El meu propi cos va respondre a la fúria crua de l'orgasme de la Chloe mentre seguia corrent - se . Els llavis d'en Richard encara pressionats contra els d'ella, la seva llengua clarament a la seva boca, el seu orgasme va seguir el seu curs durant un minut i mig.

La pantalla es va quedar negra.

"Com coi ho has fet?" Vaig demanar a Richard. Ell i la Cathy van riure.

"Hauries d'haver vist com s'ampliaven els teus ulls", em va burlar la Cathy, "Com he dit, és un maleït bruixot".

Richard es va arronsar d'espatlles però semblava clarament satisfet de si mateix. "Simple. Li vaig dir que es corre i ella va obeir."

"Com se suposa que això és un avís?" Vaig preguntar. "Cap dona a la Terra podria veure això i no voldria un tast. Fes-ho també a mi, si us plau". Vaig assenyalar la pantalla: "Tendré el que està prenent".

"D'acord, broma a part, hi ha molts condicionaments que fan possible una hipnosi així". La Cathy va dir "Magic" a l'esquena d'en Richard quan va dir "hipnosi". "No és control mental, va requerir que realment volgués deixar-me entrar en la seva ment i obeir-me. De totes maneres, retrocedeix un segon. Pots donar-te un orgasme mans lliures? Qualsevol de vosaltres? Per descomptat que no, això és per què el vídeo és tan fascinant per a tu. Tampoc ho podria fer la Chloe".

"Però", vaig fer un gest al telèfon, "l'acabo de veure fer-ho".

"Sí i no. Sí, va tenir un orgasme sense estimulació física. Però no, no podia donar-se'l a ella mateixa. No podia pensar-se en el límit, necessitava que li parlés. Va venir perquè Li vaig dir. Aquest és el teu advertiment, Erika. El seu somriure va desaparèixer i la seva mirada em va penetrar, com si intentés forçar-me el seu missatge amb el pes del mateix. "D'una manera molt real, li vaig dir que fes alguna cosa que era impossible per a ella sola, però ella em va obeir de totes maneres. Aquest és el poder que pot exercir un dominant sobre un sotmès. Aquest és el control que podria tenir sobre tu. . Si això no et preocupa, almenys una mica, ho hauria de fer."

La Cathy va assentir amb el cap, també seriosa: "És veritat. Per a mi és el mateix. Després d'un temps, t'acostumes tant a sotmetre's i a ser obedient que la desobediència se sent visceralment malament. Com, fins i tot només la idea. També sóc súper sensible. a tot de la meva mestressa. Crec que això és cert per a tots els sotmesos. Si el teu Dom està enfadat amb tu, o l'infern, fins i tot una mica decebut, t'arruïna. No pot menjar, no pot dormir, no pot pensar en res. altrament. Fareu moltíssimes coses per evitar aquesta sensació".

Això va entrar al meu cap. Jo ja era molt sensible amb Richard. Infierni, m'havia passat una setmana afrontant-me només per intentar ofegar la meva por de sentir-me rebutjat per ell. Sentiria aquesta por encara més intensament? S'ampliaria per incloure qualsevol tipus de negativitat d'ell? Em va preocupar. Mai vaig voler ser tan necessitat emocionalment, però no hi anava ja de camí?

Però això no ens va donar prou crèdit com a parella, oi? En Richard es preocupava per mi. Sempre s'havia preocupat per mi com el seu millor amic i ara sabia que li importaria encara més com el meu amant. Ho podia sentir en el fons de mi mateix. Realment es preocupava per assegurar-me que estigués còmode i segur.

"Confio en tu", vaig intentar posar el màxim de sentiment possible a les paraules, per tranquil·litzar-lo que realment ho deia en serio. Sempre m'he fet mal transmetre les meves emocions, però el seu somriure em va fer saber que ho entenia. Vaig trobar els seus ulls, intentant transmetre el màxim d'emoció possible, però em vaig sentir perdut en els bells patrons de blau, verd blau i groc que envoltaven les seves pupil·les negres. Ell, d'altra banda, semblava mirar més enllà del meu exterior endins de mi. Volia mostrar-me a ell, perquè em veiés. "Confio en tu, et vull". Vaig intentar transmetre els meus pensaments al seu cap a través dels nostres ulls. 'Et crec. Et vull. Us vull a tots. Vull fer-te feliç. Vull besar-'

El pensament amb prou feines havia començat quan de sobte no hi havia espai entre nosaltres. Els seus braços al meu voltant, la seva cara a centímetres de la meva, semblava que s'alçava sobre mi tot i tenir la mateixa alçada. Vaig respirar la seva calidesa i proximitat i vaig sentir els meus ulls tancar-se sols. "Déu meu, Déu meu, Déu meu". Per romànticament cursi que sembli, quan els seus llavis van tocar els meus, les meves cames gairebé van cedir. Tot el meu cos semblava sospirar alhora i amb prou feines vaig tenir temps de registrar la calor que sentia els seus llavis abans que la seva llengua estigués a la meva boca. Tenia tanta calor perquè el gelat m'havia refredat? Per què no li havia funcionat? Per què estava pensant en el gelat en un moment com aquest? Vaig apagar la meva ment i em vaig posar contra ell. La meva llengua va lluitar amb la seva i vam ballar al voltant de la meva boca. Per molt que ho intenti, semblava que no podia guanyar terreny a la seva boca. Vam alternar entre entrellaçar les nostres llengües i ell fixar la meva. Em va mantenir a prop per fer-me sentir desitjat, desitjat d'una manera que havia necessitat sentir d'ell durant anys.

Va ser perfecte. En retrospectiva, no puc dir si es va sentir així perquè el petó era realment tan bo o perquè va ser el nostre primer simbòlic. En aquell moment, vaig sentir una alegria pura i exaltada. Bé, potser no és una alegria "pura". Es va diluir amb una mica de luxúria. D'acord, potser molta luxúria. Estava jadeant, mullat en alguns llocs i amb força en altres quan finalment ens vam separar.

"M'has llegit la ment", li vaig xiuxiuejar, "De debò ets un mag".

"Sense màgia, simple biologia muggle. Les teves pupil·les estaven molt dilatades. Vol dir que estàs excitat".

"Wow, tots dos semblen que ho necessiteu". M'havia oblidat de la Cathy!

"Ho sento! No volíem convertir-te en una tercera roda".

"És genial, m'he enganxat en moltes sessions de besos. Pel que fa als heteros , això va ser bastant calent . Us dono 8 per 10. Punts per set crua, però es podrien millorar amb més palpitacions i menys roba".

'Menys roba! Ara hi ha una idea. Em vaig adonar que estava picant sense vergonya el pit d'en Richard al llarg dels botons de la seva camisa. La Cathy es va adonar amb un somriure: " Dit això , crec que aniré cap a casa ara. Et trobaré en línia, Erika. Segur que ens veurem a tots dos aviat!" Ella podria haver desaparegut tan sobtadament com havia aparegut. No ho sé, estava massa ocupat somrient com un ximple a Richard.

"Anem a casa", vaig dir. Veure el seu assentament va ser com una pura victòria.

PART 4

45

El meu petit apartament es va sentir completament diferent. Richard es va asseure a la meva còmoda cadira d'escriptori mentre jo ocupava la cadira plegable dura que normalment es reserva als hostes. Només havia passat així. Com si fos casa seva i jo només visqués aquí. Vaig llançar una mirada ovella al voltant del lloc. La meva roba de treball encara estava en un munt on l'havia llençat abans, el meu llit estava desfet contra la paret del darrere, els plats encara estaven a l'aigüera i el meu escriptori estava completament desordenat. Richard es va adonar que el disc dur encara estava connectat al meu ordinador portàtil i em va preguntar amb burla si l'havia aprofitat recentment. Vaig sentir que em pujava la sang. Potser hauria estat el cop més sexual que m'havia fet mai.

Em va agradar i, després de tota la acumulació, estava cansat d'esperar. Així que li vaig explicar tot el que havia estat fent abans de sopar. Li vaig dir que havia fet el mateix cada dia durant una setmana, treballant fins aquesta nit. Vaig activar el coqueteig eròtic que sempre havia volgut ser per a ell, sent el més provocador possible descrivint els meus dits girant-me dins meu mentre imaginava totes les coses que li faria a ell i que em faria a mi. Com el xuclaria tot fins a les seves pilotes fins que es fes dur per la meva gola. Com havia estat tan mullat durant hores que ell s'endinsava a l'instant sense cap joc previ. Com m'agradaria que s'enfonsés dins meu, fort i ràpid, copejant-me prou fort com per fer tremolar el llit.

Va escoltar, educadament atent com sempre, tan informal com si parléssim d'on dinar. "I dius que ets dolent per expressar-te", va comentar irònicament. La seva postura va canviar subtilment de relaxada casualment a estar més concentrada i intensa. "Això és el que vols, eh? "Ofegar-me amb la polla i ser fotut fins a estelles", com dius tan eloqüentment?" Vaig empassar i vaig assentir, les meves paraules sonaven molt més brutes sortint de la seva boca. "Bé, arribarem a això aviat. Primer, però, hem de parlar de les dues lleis".

"Només dues regles?"

"Oh, no, tindreu un munt de regles per fer un seguiment. Aquestes són diferents, s'anomenen lleis per una raó. Quan t'hi poses, les regles són només una part del joc. Si desobeeixes les regles, reps un càstig sexy i el joc continua. Les lleis, en canvi, sempre les hem de complir tots dos.

"La primera llei és per a paraules segures. Vermell i groc. Digues 'vermell' en qualsevol moment i tot s'atura. Digues 'groc' i alentirem la velocitat. Les paraules segures existeixen per mantenir-nos segurs i per ajudar-nos a sentir-nos còmodes. Pots utilitzar-los en qualsevol moment i per qualsevol motiu. Parlarem de com et sents i de com ajudar-te a sentir-te millor. Mai hi ha vergonya d'utilitzar una paraula segura". El seu enfocament va afegir un avantatge a les seves paraules: "No mostra una falta de confiança o voluntat de presentar-se ni res d'això. Mai no hauríeu de sentir-vos pressionats per no utilitzar-los. Si algú intenta dir-vos el contrari, digueu-li que es foti. ells mateixos.

et mentiré i espero que sempre siguis honest amb mi. Si, per exemple, t'estic pegant i t'observo, espero que siguis honest. Si tens un fort dolor i no pots aguantar més, espero que m'ho diguis i no mentis perquè creus que és el que vull escoltar De la mateixa manera, si creus que t'has fet mal i et dic que és d'acord i no estic enfadat, hauríeu de creure-ho i no endevinar-ho.

"Bàsicament, les dues lleis parlen de comunicació oberta i honesta. És important per a totes les parelles, però és especialment crític per al BDSM. L'intercanvi de poder és prou complicat sense haver de tractar coses bàsiques com aquestes".

"Vermell i groc. Fàcil de recordar. Ho entenc. Però això no vol dir que només podria queixar-me de la meva manera de sortir lligat o colpejat?" Això va convertir el seu somriure de seriós a llop.

"Això pot ser una preocupació per a algunes persones, però no per a tu. No saps com fer res a mig camí . És part del que et fa tan atractiu per a mi. No em preocupa que doni menys del 100 per cent. Em preocupa que intentis empènyer-te al 130 per cent i et quedis lesionat".

"Prou just", vaig assentir.

Es va asseure lentament, d'alguna manera semblava guanyar més alçada del que hauria d'haver. Semblava un depredador mirant cap avall una presa molt saborosa. Em va fer sentir alhora més petit però desitjat. "Has estat controlant-te tota la vida. Com passes el teu temps, com et mous, a qui persegueixes, com tens sexe... Ets verge en aquest nou món, Erika. Una molt excitada i verge voluntària". El somriure salvatge es va eixamplar, com si jo fos un bistec d'olor sucós, "Ara, doncs... estàs preparat per renunciar a una mica de control?"

Mai havia estat més preparat!

Anticlimàticament, no em va empènyer a terra i em fot. En lloc d'això, em va dir que em quedés d'esquena a la paret. Això, i res més. Ell es va asseure, els seus ulls rondant sobre mi mentre jo em vaig quedar inquietant. Semblava algú d'un museu que es pren el seu temps per apreciar la pintura d'un mestre. Sense centrar-se en cap part de mi en particular, semblava estar capturant-me tot alhora. Vaig imaginar que podia sentir la seva mirada com una sensació física molt lleugera jugant sobre la meva pell. Em va fer sentir molt exposat, tot i que encara estic ben vestit.

—Saps per què et trobo atractiva? Va preguntar. Em va sorprendre la sobtada i la pregunta en si. Fins fa unes hores, estava segur que no m'interessava gens.

"No... um..." Em vaig adonar que li hauria de donar una mica d'honor, però no sabia què fer servir, així que vaig optar per "-Mestre". Això li va fer guanyar una rialla.

"Prefereixo "Senyor", però m'agrada on està el teu cap".

"Oh. Puc preguntar per què?"

"Sempre us preguntareu 'per què'. Normalment, fins i tot respondré. Mestre implica un nivell de... bé, domini, que no crec que posseeixi. En realitat és part de per què no m'agrada aquest sobrenom de 'Magic' Tant. Tots dos semblen transmetre una sensació d'infal·libilitat que no sóc jo".

"Oh. D'acord, senyor. No, no ho sé."

"Ets fort, decidit, molt intel·ligent", es va aixecar i es va acostar cap a mi, "i tens un sentit d'un mateix que és totalment teu. Busques i fas allò que et fa feliç simplement perquè et fa feliç, expectatives de Els altres siguin maleïts. Admiro aquesta valentia en tu. La meva cara s'escalfava davant els seus elogis i em vaig inflar d'orgull. Va ser fantàstic ser reconegut així per ell!

No obstant això, tenia curiositat, "però aquests no són realment trets de submissió, senyor?"

"Al contrari, aquests són els trets més atractius que pot tenir un sotmès. Qualsevol pot dominar algú feble. Pot ser divertit, però no hi ha res especial. Algú feble té poc poder per renunciar al dominant". Em va acariciar lleugerament la galta, la punta dels seus dits em va fer calfreds per tot el cap, "Però quan algú fort decideix cedir el seu poder a un dominant... bé, ara, això és una cosa completament diferent". La seva mà es va girar cap a la part posterior del meu cap, agafant-me els cabells amb fermesa però no incòmode. Vaig descobrir que no em podia moure, que no podia girar-me si hagués volgut. No volia, em vaig recolzar a la seva mà amb ganes de sentir més.

"Tens tant poder dins teu, Erika", va xiuxiuejar, la seva cara a poc més d'una polzada de la meva. "Sentir-ho és molt embriagador per a mi". Va inspirar profundament, com un coneixedor que olora un bon vi. Els seus llavis van consumir la meva visió, tan a prop de la meva. Volia tornar-los a sentir, però la seva agafada als cabells just darrere del meu cap em va mantenir fermament al seu lloc. Vaig intentar inclinar-me cap endavant, el meu desig lluitant breument contra la seva presa sobre mi, abans de rendir-me i deixar-me descansar de nou contra la seva mà. Mai abans en la meva vida m'havia sentit tan controlat. Els seus ulls van cremar- me i la meva respiració em va sorprendre en breus bocabadats. Em vaig preguntar si les meves pupil·les es tornaven a dilatar.

Aleshores en Richard em va deixar anar i va fer un pas enrere. "Traieu-vos la part superior i el sostenidor", va dir. Casualment, com si hagués preguntat quina hora era.

Alguna cosa d'això em va tornar a ruboritzar. Jo volia això. Volia sentir-me més i anar molt més lluny. Però, d'alguna manera, fer el primer pas i mostrar-li els meus pits em va fer sentir molt nerviós. Els dolors d'incertesa sobre el meu cos es van col·locar als racons de la meva ment. Què passaria si li semblava massa noia? Les meves mans no van entrar en acció per obeir automàticament la seva ordre. Això hauria estat massa fàcil. En canvi, van buscar darrere meu amb el fermall com un estudiant de secundària virginal que intenta arribar a la segona base. Finalment es va desfer i vaig llençar el sostenidor a un costat. Irònicament, va caure just al costat del meu llit a sobre de la meva roba descartada de fa hores.

M'encanten els meus pits. Els adoro absolutament fins a la mort. M'encanta com se senten a les meves mans, m'encanta el plaer que em donen, m'encanta la sensació de llibertat quan vénen desgabiats després d'un llarg dia amb sostenidor. I, en aquell moment, em va

ENCANTAR absolutament l'efecte que van tenir en Richard. Els seus ulls estaven enganxats a ells i va assentir lleugerament en agraïment. Potser m'ho imaginava, però podria jurar que li creixia una protuberància als pantalons.

"Entrellaça els dits darrere del cap i arqueja lleugerament l'esquena". Vaig complir ràpidament, aixecant els braços i pressionant el pit cap a fora, fent que els meus pits fossin tan destacats com fos possible. Una vegada més, la punta dels seus dits va traçar la meva pell, aquesta vegada als meus abdominals. "Aguanta't quiet".

"Sí, senyor", vaig prometre. Va lliscar sobre els meus abdominals durs i suaus, prou lleugerament com per enviar-me petits filets de plaer al seu toc. Els calfreds em pujaven com més amunt anava, centímetre a centímetre cap amunt per sobre del meu estómac. Em va burlar, anant agònicament lentament, sentint la meva pell nua per tot arreu excepte els punts que volia. Els meus mugrons es van fer més durs i més pronunciats amb cada batec del cor. Van cridar per atenció, per ser fregats i pessigats i complaguts. Tanmateix, per a la meva consternació, els va saltar i es va centrar en els meus braços i espatlles.

"Tens uns tríceps i unes espatlles excel·lents", va felicitar amb admiració. Això gairebé compensava totes les burles. Hi ha un grup selecte de coses que les noies estan acostumades a rebre elogis dels homes, i aquests músculs no estan a la llista. Li agradava el meu cos pel que era!

"Gràcies, senyor! Això són anys de bàsquet i suor al gimnàs".

Finalment, amb un sol moviment, em va agafar els dos pits. Es van expandir a les seves mans fortes i fermes mentre inspirava, fent-me boquejar de plaer.

"Són molt sensibles?" va preguntar, notant la meva reacció.

"Normalment no tant", em costava molt mantenir-me quiet i no pressionar-lo. Va estrènyer lleugerament, clarament gaudint d'acariciar-me tant com jo. Vaig tancar els ulls i vaig beure les sensacions. El meu pit es va posar de plaer mentre em vaig presentar a Richard per jugar-hi com ell volgués. Se sentia bé.

Em van explotar els mugrons. Els meus ulls es van obrir i em vaig doblar, deixant sortir un estrany gemec. Richard tenia els meus cabdells molt burlats entre els dits i no els feia rodar amb massa suavitat.

"Està quiet", em va recordar. Vaig assentir, però va ser molt dur. El plaer va sorgir a través de mi, condimentat amb una mica de dolor quan va estrènyer. Cada pols de sensació enviava una sacsejada al meu clítoris. Em sentia com el seu joc. Com el meu cos existís per a la seva diversió i la meva consciència existís per augmentar la seva diversió. Va ajustar i va estrènyer, gaudint de veure'm canviar entre sospirs de plaer i gemecs sorpresos.

"Plaer o dolor?" va preguntar.

"Tots dos", vaig exclamar, "és molt intens". Va somriure àmpliament i els va deixar anar, pastant els meus pits mentre deixava que els mugrons es recuperessin. En tot cas, això va ser encara més intens que abans. Les potents sensacions de formigueig van concentrar tot el meu enfocament en dos punts sensibles mentre la sang tornava a inundar-los.

"La teva cara és meravellosament expressiva. Molt genuïna. Ara treu-te la resta de la roba".

Aquesta vegada vaig obeir sense dubtar-ho. Els meus texans i les calces eren tant per sobre dels meus malucs com per les cames abans que enregistrés completament el que havia dit. Estava tan humit, tan preparat per un plaer real, no podia esperar per treure el meu cony per jugar. Vaig colpejar un lleuger bloqueig al voltant dels meus panxells. De debò, qui va dissenyar els texans de dona no tenia en ment una retirada ràpida, sobretot no de les cames atlètiques. Finalment, totalment nu, em vaig posar davant en Richard.

Esperava que em burlés encara més, però en canvi em va acariciar de seguida.

"Afeita-ho abans de la nostra propera reunió".

D'acord, potser això era realment més burla. Amb prou feines em va donar pressió o contacte amb el meu cony, simplement acariciant-me i estirant-me els cabells. Va ser molt distret. "Vaig pensar que t'agradava una mica de pèl en un cony", vaig dir.

"Jo sí, i això és molt agradable. No obstant això, aniré aprenent el teu cos i com respon, així que tenir una visió clara del teu sexe serà molt útil. A més, valores molt el teu arbust, així que afaitar-lo. per a mi serà un recordatori diari de la teva submissió".

Vaig tragar, "Sí, senyor". Deu sentir com estic mullat. Vinga, fot-me!' Vaig intentar prémer els meus malucs cap endavant de manera discreta, només una mica, però va ajustar la mà abans que pogués tenir cap contacte.

Richard es va asseure una altra vegada i em va fer una senyal. "Agenollar-se". Vaig estar molt agraït d'haver posat una catifa. Les meves respostes eren més ràpides, amb menys reflexió per part meva. Establir-se sota el seu control se sentia bé. Realment no havia de pensar gaire, només sentir-me i gaudir. "Els genolls s'estenen una mica més, creua els braços a l'esquena. Agafa els avantbraços tan amunt com puguis". Em va guiar cap a la posició que volia, amb les pits fora i les cames ben obertes, dient que es deia "Posibilitat exposada".

Exposat és correcte. Joder això és intens. Richard s'alçava sobre mi com una estàtua. Només vaig arribar fins al tercer botó del seu cinturó. Encara completament vestit amb el seu vestit net i net, en Richard va mirar la meva completa nuesa. La diferència d'alçada em va semblar clarament nova i estranya. Sempre hem tingut altures semblants, estava acostumat a veure'l al meu nivell. Ara bé, podria haver estat Zeus assegut al cim de l'Olimp. A més, la postura en si era més pesada del que hauria pensat. Els meus genolls van cavar amb força a la catifa i les meves espatlles estaven descontents amb quant se'ls demanava que estiressin.

Vaig intentar donar sentit a tot el que sentia, però vaig rendir-me. Dir que em sentia exposat o vulnerable no ho va cobrir. Estava agenollat a terra als peus del meu millor amic perquè m'ho havia dit. Però més que això, vaig estar aquí perquè volia ser-ho. Volia obeir-lo, i expressar-ho tan obertament em va fer sentir més nu del que podria explicar la simple manca de roba.

Però no. "Vulnerable" implica algun tipus d'amenaça percebuda, no? Això no era correcte. Em vaig sentir completament segur, controlat amb fermesa. Va ser gairebé alliberador sentir-se tan despreocupat. Simplement se sentia molt... obert. Com si el meu jo interior estigués exposat juntament amb el meu cos.

"Ets bonica", em va dir, mirant-me amb agraïment. De sobte em va sorprendre que agenollar-me em va acostar molt més a la protuberància dels seus pantalons. La protuberància molt clarament en forma de polla just sota la sivella del cinturó. Em vaig llepar els llavis, amb gana. Dos dits sota la meva barbeta van aixecar la meva atenció cap a la seva cara. "Placer tu mateix".

"Què?"

"Ja m'has sentit."

Els meus braços es van torçar per darrere meu. "Com... masturbar-se? Senyor?"

"En efecte."

Sí, tot el que acabo de dir abans sobre sentir-se nu? Oblida't de tot això, per a això hauria d'haver desat aquestes descripcions. Els meus dits van lliscar entre els meus llavis amb més facilitat que un patinador en una pista de gel. Aquell primer llarg i dur lliscament sobre el meu clítoris va semblar commocionar el meu sistema, fent-me passar de sentir-me burlat a ple a punt per follar! Vaig pensar que anava a correr-me al moment.

Es va moure de la meva barbeta per acariciar-me la galta, jugant suaument amb uns quants cabells.

"Necessites el meu permís abans de poder tenir l'orgasme, la meva mascota." Vaig gemegar de plaer, els sons humits dels meus xips omplien l'habitació. "Ara ets meva. La teva sexualitat és meva per jugar. Jo decideixo quan et corres... si et corres". És completament injust que em diguin que no tinc control sobre els meus propis orgasmes m'excita tant i em fa venir ganes de correr-me ARA! Vaig sentir que bullia dins meu, la pressió, augmentava la necessitat d'alliberar-me. Va ser massa, aclaparador, agenollar-me amb el meu cony obert, follant-me pel seu caprici.

Va mirar atentament, prestant molta atenció als meus dits, observant com afavoria el meu clítoris i vaig passar a la penetració quan em vaig sentir a prop de correr-me. Quan començava a adaptar-me al que estava passant, va afegir un altre nivell.

"Seguiu mirant els meus ulls, no mireu cap avall". Per què hauria de mirar cap avall? La seva expressió mirant-me enrere era preciosa. La seva emoció escrita allà em va fer sentir tan especial. El seu somriure juganer i conscient havia tornat, però. Aquell maleït somriure que sempre significava que sabia alguna cosa que jo no sabia.

Vaig sentir una cremallera. 'Oh Déu meu, és això? Només ho va fer? Sense mirar, vaig saber instintivament que el seu penis estava lliure i a pocs centímetres de mi. Una ullada cap avall i finalment ho veuria. La polla d'en Richard... quantes nits m'havia adormit somiant que m'hi foten? Quantes classes havia somiat despert imaginant-lo nu? Ara era allà mateix! Però no vaig poder mirar-ho. Era tan difícil d'obeir, vaig seguir abaixant el cap involuntàriament i vaig haver de forçar-lo enrere.

Per descomptat, només va empitjorar quan em vaig adonar que s'estava acariciant. La calor entre les meves cames va augmentar i em vaig agafar els dits.

"Si us plau", vaig gemec, "és tan difícil, si us plau, puc mirar?"

"Estic gaudint de veure't lluitar. Veure que tries l'obediència per sobre del teu propi desig fa molta calor. Estàs bé." Sonava orgullós. Orgullós de mi! Volia ser fort per a ell, però les meves hormones estaven en contra meva. L'havia desitjat massa durant massa temps, era una tortura suportar. A pocs centímetres de distància i sentiria la seva dura suavitat... Trobava a faltar la sensació d'abans, la llibertat que havia sentit sense haver de lluitar i prendre decisions.

Així que, en comptes de la seva polla, vaig cercar la seva altra mà i me la vaig portar al cap. Va entendre sense cap paraula, agafant-me els cabells just darrere del meu cap una vegada més i subjectant-me fermament al seu lloc. Immediatament vaig sentir una càrrega que m'aixecava. No necessitava vigilar-me ni preocupar-me per poder obeir més. Vaig acariciar suaument el seu braç, gaudint de la sensació de la seva pell càlida contra la meva galta i de la força autoritat de la seva agafada.

Em vaig sentir connectat amb ell. Semblava que s'hagués format entre nosaltres un vincle, més fort que el control físic que tenia sobre mi. Com donar-li la meva força i els meus problemes i que ell fos fort per a mi ens hagués apropat. Se sentia molt íntim i molt, molt sexual. Vaig passar més temps fora del meu clítoris que no pas sobre ell per evitar bolcar. Vull correr-me. Totes les cèl·lules del meu cos volien correr! Però també vaig poder sentir com les meves retirades contínues lluny del meu clítoris, lluny de correr-se, van encendre en Richard. Jo seria obedient per ell! Va ser difícil, però vaig seguir avançant, obtenint la meva satisfacció de la seva respiració accelerada i el tapís de plaer facial.

No sé quant de temps ens vam quedar mirant-nos íntimament. El temps semblava una mica amorf, com si haguéssim existit junts en una bombolla on res més importava. Un batec a l'altre, un cercle sobre el meu clítoris palpitant i hipersensible i un suau gemec contra el seu braç, girant cap endavant en bucle.

"Com et sents?" finalment es va registrar.

"Una mica aclaparat, senyor. Però en el bon sentit!"

"Bé. És hora de passar més enllà dels jocs preliminars". Vaig boquejar mentre sentia que em guiava el cap cap avall, "pots semblar tant com vulguis ara. Si no estàs massa a prop, això és". Jo baixava directament a la seva falda!

És difícil dir si estava guiant la meva boca cap a la seva polla o si m'estava impedint de posar-me el cap a l'entrecuix. Amb prou feines va passar per davant de la meva visió abans que la vaig quedar envoltada entre els meus llavis. Cada polzada de la seva virilitat que passava dins meu semblava omplir-me de vertigen, com si acabés de descobrir la joguina més gran de tots els temps. Estava decidit a sentir-ho el màxim possible, explorar cada part més petita d'ell amb la meva llengua. El seu gust em va arrossegar, combinat amb la seva olor i la seva emoció palpitant, tot em va apropar alhora. Muskness, pell suau que cobreix el desig dur com una roca, amb un toc de sabor salat precum. Lentament, em vaig acomodar, escombrant la meva llengua d'un costat a l'altre per la seva part inferior. "Hauria d'estar aquí, just sota el cap..." va gemegar, fort i llarg, quan vaig tocar el punt dolç.

Em vaig sentir intensament satisfet de poder treure aquell so d'home sexy d'ell, més enllà del seu autocontrol dominant, però vaig tenir poc temps per felicitar-me. La seva presa ferma als meus cabells em va tornar a pressionar cap avall, lentament més i més profundament.

"Digues-me quan és massa".

M'encanta fer mamades. M'encanta tot el sexe oral, però la gola profunda mai ha estat el meu fort. Encara quedaven unes bones dues polzades de polla més enllà dels meus llavis quan el seu cap va colpejar la part posterior de la meva gola i la seva mà guia va deixar de pressionar cap endavant. Volia més, vaig intentar aconseguir-ne més, però la meva maleïda gola simplement no tenia res. Em vaig amordasar amb força i em vaig veure obligat a retrocedir.

No em va donar temps per sentir-me decebut. "Em va semblar fantàstic", em va dir, "Aquesta vegada tastaràs el meu semen".

Em va guiar cap a un ritme constant. Amunt i avall, la seva mà al meu cap, aturant-se a cada cop amunt per deixar-me llepar el seu punt dolç abans de tornar-me a caure. Realment em va semblar una guia i no una força. Com si fos jo qui li fes la mamada en lloc que ell em fes una mamada, si té sentit. Simplement em mostrava com li agradava més. No obstant això, l'experiència em va fer sentir profundament submisa. Agenollar-me davant d'ell com si fos el meu rei, adorant-lo sense fer cas del més humit que estava fent el meu cony ja palpitant.

Jo estava al cel. Vaig tararear baix a la meva gola per fer vibrar la seva polla, guanyant-me un altre gratificant gemec de plaer d'ell. El vaig xuclar amb força i descuidat, mantenint la meva llengua treballant constantment a mesura que augmentava el seu plaer. Els corrents constants de salat van acompanyar batecs més ràpids d'omplir la mandíbula mentre el xuclava. Vaig fer tot el possible per mantenir el contacte visual, mirant cap amunt i intentant comunicar amb la meva expressió quant m'estimava la seva polla mentre mantenia el focus cap a dins. Va ser realment molta feina! A dalt

- llepa ràpidament sota el seu cap. Llisca cap avall - passa la meva llengua per tot el seu eix. A baix, a la base, canleja profundament, somriu sense alliberar el segell. Fes lliscar cap amunt: xucla tan fort com puc per pressionar el cap. Una i altra vegada mentre em guiava amunt i avall, accelerant-me suaument a mesura que s'acostava. Em vaig trobar desitjant que hi hagués algun tipus de màquina de mandíbula al gimnàs. Em va cremar la llengua i em quedava sense aire.

El plaer, cada cop més descontrolat, fluïa lliurement per la seva cara fins que finalment em va mantenir ferm i va convulsionar poderosament. Corrents de semen calent em van omplir, cobrint-me la part posterior de la gola i dins de les meves galtes mentre intentava frenèticament empassar-me i seguir llepant-lo al mateix temps. Semblava com un corrent infinit, raig rere raig sortint d'ell, ràpidament aclaparant els meus esforços per mantenir el ritme. Estava a punt de vessar-ne una mica quan finalment va reduir la velocitat i, amb un gemec pesat, es va ajupir cap enrere i fora de mi.

Vaig assaborir la resta del seu semen a la meva boca. No m'agrada molt el gust i la textura de l'esperma. Siguem sincers, qui ho fa? Però sentir-ho allà, veure el somriure de satisfacció a la seva cara i recordar la sensació que tremolava i bategava mentre me l'havia donat... em va semblar un trofeu. L'havia fet sentir tan increïble! El meu cos l'havia excitat tant que havia necessitat que li xuclessin la polla, i li agradava tant el meu cap que m'havia desbordat la boca amb semen . Em va fer brillar d'orgull.

Al mateix temps, una petita ombra de decepció va créixer al fons de la meva ment, lligada directament al meu cony degotejant i tristament buit. Amb Richard esgotat, aquesta nit no em fot . Vaig intentar dir-me a mi mateix que era ximple i avariciós per part meva sentir-me decepcionat. Se suposa que havia de pensar en les seves necessitats abans que les meves. Això era el que m'havia inscrit. De fet, el que pràcticament li havia suplicat. Ho sabia, però tot i així, després de compartir una experiència tan íntimament eròtica amb ell, no crec que m'hagués sentit tan excitat a la meva vida. Volia correr-me, carai! Va ser molt difícil acceptar-ho amb deixar-ho anar.

"Ets molt bo en això", s'havia recuperat en Richard i m'estava estenent una mà cap avall, "vinga, els teus genolls t'estan matant". Ho eren, tot i que fins aleshores no m'havia adonat. M'havia distret massa amb moltes altres coses.

Abans que pogués estirar-me correctament, però, em vaig trobar completament aixecat del terra embolicat als braços d'en Richard. "Avui m'has fet molt feliç", em va xiuxiuejar a l'orella, "et mereixes una recompensa". El meu cor va bategar mentre em va portar la curta distància fins al meu llit. Sense pes als seus braços, em vaig sentir hipnotitzat pels seus ulls sense fons tan a prop. Realment no va ser just, la manera com va poder encendre un interruptor i aclaparar les meves emocions així.

Em va estirar amb els coixins que em recolzaven còmodament el cap. Una vegada més a sobre meu, va jugar lentament amb els meus cabells entre els dits. Tot i que encara estava nu i ell encara estava completament vestit, no acabava de sentir-me tan despullat . Se sentia més... íntim? Còmode? Natural? No ho sé. Tenia problemes per pensar amb claredat, el meu món s'estava contractant a petits punts. Les taques de la meva cara on els seus dits em van fregar, la sensació que jugava amb el meu serrell, el lloc del meu coll on em va besar, la seda sota les meves mans on estava fregant el seu pit i la necessitat sempre present dins meu . que es feia més urgent cada minut.

Els seus dits van traçar el meu cos mentre es col·locava còmodament entre les meves cames. Vaig fer una doble presa. Entre les meves cames! Es va posar com si estigués a punt de menjar-me fora!

Va riure i vaig poder sentir la seva respiració a les meves cuixes superiors, "Sorprès?"

"Um, sí, senyor". Em va fregar les cuixes, lentament estenent les meves cames tan amples com podien i enviant raigs de plaer directament al meu nucli. "No és—*gemec*—el que esperava".

"La gent sembla pensar que el cunnilingus no és viril ni dominant. Res més lluny de la veritat. Si fossis un titella, les teves cordes estarien aquí. Amb un petit cotillon..." va prémer un dit directament entre els meus llavis. dibuixant-lo a través de la meva escletxa i directament sobre el meu clítoris. Tot el meu cos va saltar com si m'haguessin colpejat el llamp i vaig deixar escapar un gemec de sorpresa i plaer "-Puc provocar les reaccions més adorables de tu. Hi ha molt poques posicions on pugui exercir un control més directe sobre el teu cos. ."

Tenia raó. Em vaig retorçar i vaig gemegar mentre em tocava com un instrument musical. Prenent-me els llavis amb raspalls llargs pel cabell púbic per fer-me estremir i empènyer els malucs. Acaronant-me les cuixes amb suaus pressions just a sota del meu cony per fer-me tremolar i bategar. Fent-me xisclar i arquejar l'esquena amb un petó ràpid directament sobre el meu clítoris. Els va treballar amb llepades llargues i lentes tot el camí cap amunt i a través de mi, cobrint cada polzada del meu cony sensible amb la seva llengua.

Va ser com un investigador que va dibuixar com vaig reaccionar davant l'estímul, provant i experimentant amb diferents nivells i combinacions de pressió. Em va fer endevinar i el meu nivell d'orgasme augmentava i baixava com una màquina d'ECG. Qualsevol pressió constant sobre el meu clítoris em va portar a la vora en qüestió de segons i el va fer cua per enrere les seves burles.

Em tornava boig! Estava encès de necessitat, molt més enllà del punt de coherència. Se sentia tan bé. Tot sobre la muntanya russa d'estimulació es va sentir tan increïblement bé que no volia que s'aturi. Jo volia explotar. Per corregir-me el cervell a través del meu cony per tota la seva cara. Però també volia que això continués per sempre. Mai vaig voler que el plaer s'acabés.

Richard es veia encantat entre les meves cames, observant-me de prop les meves reaccions. Sempre tan càlid i atent amb mi... encara que utilitzi aquesta atenció per burlar-me, em va fer sentir especial. Volgut. Estimat.

Tot d'una, em vaig sentir plena. La carn ferma calenta d'almenys dos dits es va introduir al meu cony i es va clavar directament contra el meu punt G. Mai m'havia corregut de penetració abans, però realment vaig pensar que estava a punt de fer-ho. Sense adonar-me'n, estava posant a treballar seriosament la insonorització de l'apartament i arrencant els llençols del llit. Vaig empènyer amb força per trobar els seus dits, amb ganes de sentir-los el més profundament possible dins meu, amb ganes d'atraure tant d'ell en mi com podia. Em va pressionar fermament, dominant-me fàcilment amb la seva força.

Richard va trobar els meus ulls i lentament, deliberadament, va baixar la boca. "Cum tant i tan fort com puguis", em va dir directament entre les meves cames. Aleshores el meu clítoris estava sent xuclat amb força a la seva boca. Em va xuclar profundament i em va llepar amb força, cada petit cop de la seva llengua enviant una vibració de plaer directament al meu nucli. No vaig durar més de tres segons. Vaig venir. Dur. Va ser com si una bomba explotés molt dins meu i esclatés una i altra vegada amb cada contracció. Onades d'èxtasi pur van esclatar a través de mi, omplint cada polzada de mi des dels dits dels peus fins al cervell fins a les profunditats de la meva ment.

Vaig venir i vaig venir i vaig venir, agafant tan fortament els seus dits encara empenyent que vaig pensar que podia sentir les seves empremtes dactilars. El meu clítoris va bategar tan fort a la seva boca que vaig pensar que se l'estava empassant. Mai va parar de martellejar, forçant un altre orgasme just als talons del primer. Vaig sentir que em fonia, la meva ment es va anar una mica borrosa i la meva visió es va borrosa per les vores.

Lentament, amb diverses rèpliques i recaigudes, l'incendi forestal es va extingir. Tot semblava una mica borrós quan vaig tornar a mi mateix, gairebé com si hagués pres uns cops de licor fort. Em vaig adonar que gairebé havia aixafat el cap d'en Richard entre les meves cuixes. Ni tan sols m'havia adonat que els havia tancat! A més, potser m'hauria magullat una mica els pits. De nou, ni tan sols em vaig adonar que els havia estat apretant.

"Vai... va ser genial."

PART 5

65

Poc temps després, ens vam fer una cullera sota les cobertes. El ritme constant de la seva respiració mentre dormia era tranquil·litzant, em feia adormir però encara no volia dormir.

Havíem xerrat sobre tot el que havia passat, pressionant-nos els uns als altres per obtenir detalls sobre com s'havia sentit l'altre. Em va interessar especialment escoltar el poderós que s'havia sentit en Richard mentre dirigia la meva lenta tira. Pel que sembla, el tacte era una poderosa forma de control, i tenir regnes lliures per tocar-me mentre em contenia va fer que la dinàmica Dom/sub fos més real. Va ser molt interessant escoltar la seva perspectiva, però encara més va ser gloriós compartir llit amb ell.

Per fi s'havia tret el vestit! El seu pit nu es va pressionar contra la meva esquena i les seves cames nues s'entrellaçaven amb les meves. Sempre he estat un enamorat de les abraçades. El contacte pell amb pell fa coses poderoses a les meves emocions.

Finalment sentint-me saciat, vaig sentir que hauria de ser més analític. Realment havia fet totes aquestes coses? S'havia sentit tan fàcil lliscar-se en el paper, tan natural seguir el corrent. Una veu a la part posterior del meu cap va repetir les paraules de la Cathy sobre l'obediència. Què em podria trobar fent? Potser m'hauria d'haver preocupat aleshores, però no va ser així. Em sentia massa bé per preocupar-me per res.

Em vaig adormir agafant la mà d'en Richard ben forta al meu pit. 'El meu!'

FI

67

www.ingramcontent.com/pod-product-compliance
Lightning Source LLC
Chambersburg PA
CBHW051315160726
47994CB00003B/1474